カッパ沼《ぬま》めいろだよ！

　ボートにのり、なみのあいだをとおって、カッパ神社《じんじゃ》まで行《い》きましょう。

キツネのかぎや・9

カッパの秘《ひ》宝《ほう》

三田村信行・作●夏目尚吾・絵

あかね書房

もくじ

1 おそろしい予言《よげん》＊4
2 カッパ大明神《だいみょうじん》のはこ＊14
3 かぎをあけるな〜〜＊24
4 カッパ神社《じんじゃ》で＊32
5 カッパの正体《しょうたい》は？＊44
6 カッパ沼《ぬま》に急《いそ》げ！＊56
7 よみがえった光《ひかり》＊68
キツネのかぎや新聞《しんぶん》＊78

登場人物《とうじょうじんぶつ》

★キツネのかぎや
かぎは、なんでもあける自信《じしん》をもっているこのシリーズの主人公《しゅじんこう》。
カッパ大明神《だいみょうじん》のはこのかぎをあけにカッパ村《むら》に行《い》ったが……。

●イノシシの村長《そんちょう》
カッパ村《むら》の村長《そんちょう》。キツネのかぎやをよんだ本人《ほんにん》。

●ウリボウ
イノシシ村長《そんちょう》のまご。
カッパにさらわれる。

●ヒツジの神主《かんぬし》
カッパ大明神《だいみょうじん》をまつるカッパ神社《じんじゃ》の神主《かんぬし》。

●サルのおばあさん
カッパ神社《じんじゃ》の巫女《みこ》。

＊キツネのかぎやは、カッパ村《むら》でこまった事件《じけん》にまきこまれます！

1 おそろしい予言《よげん》

カッパ村《むら》は、バスの終点《しゅうてん》から二時間《にじかん》近《ちか》く歩《ある》いた山《やま》のふもとにありました。

「やれやれ、やっとついた。」

キツネのかぎやは、ほっとして、ひと息《いき》つきました。

あたりはもうすぐらく

なっています。
村《むら》の入《い》り口《ぐち》には、大《おお》きな
木《き》ぼりのカッパの人形《にんぎょう》が
立《た》っていました。

「へーえ、カッパって、こんなかっこうしてるんだ。」

キツネが、よく見《み》ようと思《おも》って歩《あゆ》みよったときです。

カッパの人形《にんぎょう》のかげから、ふっと人《ひと》かげがあらわれました。

白《しろ》いきものをきたサルのおばあさんです。

「あんたじゃな、村長《そんちょう》にたのまれて町《まち》からきなさったかぎやさんというのは。」

おばあさんは、しわがれた声《こえ》で聞《き》きました。

「ええ、そうですが……。」

「では、よいか。よく聞《き》きなされ。カッパ大明神《だいみょうじん》さまのはこをあけてはならぬ。」

もつれからまった長《なが》くてまっ白《しろ》な髪《かみ》をふりみだし、おそろしげな顔《かお》つきで、おばあさんはキツネをにらみつけました。

「あければ、大明神《だいみょうじん》さまがおいかりになる。カッパ沼《ぬま》があふれて村《むら》は水《みず》びたしになり、大《おお》ぜいの者《もの》が死《し》ぬ。また、おまえさまもたたりをうけて、おそろしいめにあうぞよ！」

おばあさんは、きみの悪《わる》い声《こえ》でおどすように言《い》うと、さっと白《しろ》いきものをひるがえして、村《むら》のほうにかけさっていきました。

「なんだ、あのおばあさんは……？」

キツネは、ぼうぜんとして、うすやみにきえてゆくおばあさんの後《うし》ろすがたを見《み》おくりました。

なんだかいやなことがおこりそうな予感《よかん》がします。

けれど、いったん引《ひ》きうけたしごとをほうりだすわけにはいきません。キツネは、どうぐばこをかかえなおして、村《むら》に入《はい》っていきました。

村長《そんちょう》の家《いえ》は、村《むら》のまん中《なか》にありました。土蔵《どぞう》のある古《ふる》くて大《おお》きなおやしきです。

「やあ、とおいところをよくおいでくださった。おつかれじゃったろう。」

イノシシの村長《そんちょう》は、大《おお》よろこびでキツネをむかえると、

「もうおそいですから、しごとはあしたにして、ゆっくり休《やす》んでください。」
そう言《い》って、はなれに案内《あんない》しました。
それから、晩《ばん》ごはんをごちそうになり、おふろに入《はい》ってもどってくると、ふかふかのふとんがしいてありました。
キツネは、さっそくふとんにもぐりこみましたが、村《むら》の入《い》り口《ぐち》であったサルのおばあさんのことばが気《き》になって、なかなかねむれませんでした。

2 カッパ大明神《だいみょうじん》のはこ

キツネのこんどのしごとは、カッパ村《むら》のカッパ神社《じんじゃ》にある〈カッパ大明神《だいみょうじん》のはこ〉のかぎをあけることでした。このはこには、カッパ玉《だま》とよばれるふしぎな玉《たま》が入《はい》っていました。カッパ玉《だま》については、こんな話《はなし》があります。

村《むら》の後《うし》ろにそびえている山《やま》の中腹《ちゅうふく》に〝カッパ沼《ぬま》〟という

沼《ぬま》があります。

むかし、この沼《ぬま》にすんでいるカッパが、村《むら》におりてきて、いたずらをして村《むら》の人《ひと》たちをこまらせたことがありました。

そこで、イノシシ村長《そんちょう》のご先祖《せんぞ》さまが、カッパをとらえ、こらしめのために、かた腕《うで》を切《き》りおとしました。

するとその夜《よ》、カッパがご

先祖《せんぞ》さまのところにやってきました。切《き》りおとしたかた腕《うで》を返《かえ》してくれと言《い》うのです。

ご先祖《せんぞ》さまは、けっしていたずらをしないとカッパに約《やく》束《そく》させて、腕《うで》を返《かえ》してやりました。

よろこんだカッパは、自分《じぶん》を神《かみ》さまとしてまつるなら、この村《むら》をまもってやろうと言《い》っ

て、みどり色《いろ》に光《ひか》るカッパ玉《だま》をくれました。そこで、ご先祖《せんぞ》さまは、カッパ大明神《だいみょうじん》をまつるカッパ神社《じんじゃ》をたて、そこにカッパ玉《だま》をおさめたのです。

カッパ玉《だま》はふしぎな玉《たま》でした。カッパ神社《じんじゃ》におまいりして、カッパ玉《だま》のみどりの光《ひかり》をあびると、けがや病気《びょうき》がたちどころになおってしまいます。

日《ひ》でりがつづいて田《た》んぼの水《みず》がかれても、カッパ玉《だま》にいのれば、雨《あめ》をふらしてくれるのです。

カッパ玉《だま》のおかげで、村《むら》はしあわせでした。

ところがあるとき、村人《むらびと》のひとりが、カッパ神社《じんじゃ》にしのびこんで、カッパ玉《だま》をぬすみ出《だ》しました。町《まち》の商人《しょうにん》に売《う》りと

ばして大《おお》もうけしようとかんがえたのです。

さいわいカッパ玉《だま》は売《う》られる前《まえ》にとりもどすことができましたが、このことがカッパ大明神《だいみょうじん》のいかりにふれて、カッパ沼《ぬま》の水《みず》があふれて村《むら》は水《みず》びたしとなり、大《おお》ぜいの人《ひと》が死《し》にました。

そこで村人《むらびと》たちは、カッパ

玉《だま》をがんじょうなはこに入《い》れ、かぎをかけて、二《に》どとぬすまれないようにしました。

けれど、カッパ玉《だま》はもう光《ひか》らなくなり、村《むら》のしあわせはおわりをつげたのです。

ところで、こんどイノシシ村長《そんちょう》が〈カッパ大明神《だいみょうじん》のはこ〉をあけようとしたのには、わけがありました。ある製薬会《せいやくがい》社《しゃ》から、カッパ玉《だま》を買《か》いたいという話《はなし》がきたからです。

その製薬会社《せいやくがいしゃ》は、カッパ玉《だま》のみどりの光《ひかり》がけがや病気《びょうき》をなおしてきたという話《はなし》を知《し》って、

科学《かがく》の力《ちから》でカッパ玉《だま》の光《ひかり》をよみがえらせ、その光《ひかり》を利用《りよう》して新《あたら》しい薬《くすり》を作《つく》り出《だ》そうとかんがえたのでした。

村長《そんちょう》はその話《はなし》にとびつきました。

カッパ玉《だま》を売《う》ったお金《かね》で、カッパ沼《ぬま》をうめたてて”カッパランド“という遊園地《ゆうえんち》を作《つく》り、大《おお》もうけしようというのです。

ただ、カッパ大明神《だいみょうじん》のはこのかぎは、長《なが》い年月《としつき》がたつうちに、なくなっていました。はこをこわすと、中《なか》のカッパ玉《だま》をきずつけるおそれがあります。そこで、かぎならどんなものでもあけるというひょうばんのキツネのかぎやがよばれたのでした。

カッパランド計画

3 かぎをあけるな〜

「それにしても、あのおばあさん、なんであんなことを言《い》ったんだろう。」

キツネは、ふとんの中《なか》でつぶやきました。カッパ大明神《だいみょうじん》のはこをあけたら、カッパ沼《ぬま》があふれて村《むら》が水《みず》びたしになるなんて、とても信《しん》じられません。だいいち、カッパが本《ほん》当《とう》にいるかどうかだってわからないのです。

「カッパなんているわけない。たたりなんてあるわけない。」

そう思《おも》ってみても、やっぱりたたりが気《き》になって、ねむれません。

それでもようやくねむ気《け》がさしてきて、キツネはうとうとしはじめました。

それからどれくらいたったでしょうか。キツネは、なにかの気配《けはい》を感《かん》じて目《め》をさましました。

キツネがねているへやは、たたみが十《じゅう》なんまいもある大《おお》広間《ひろま》で、ふとんはまん中《なか》あたりにしいてあります。あかりは、まくらもとのスタンドのまめ電球《でんきゅう》だけ。くらやみがキツネのまわりをとりまいています。そのくらやみのどこかに、なに者《もの》かがひそんでいる気配《けはい》がするのです。

キツネは、そろそろとおき上《あ》がって、くらやみに目《め》をこらしました。へやのすみにだれかがうずくまっています。

「だれだ、そこにいるのは！」

大声《おおごえ》でさけぶと、うずくまっていた者《もの》が、ゆらりと立《た》ち上《あ》がりました。

「かぎを〜あけるな〜、あけるで〜ないぞよ〜。」

ひくい、ぶきみな声《こえ》で、うたうように言《い》いながら、
歩《あゆ》みよってきます。

「カッパ大明神《だいみょうじん》の〜はこのかぎを〜あけるな〜。

あければ〜おまえの命《いのち》は〜ないぞよ〜。」

「だだだだ、だれだ、お、おまえは！」

「われは、カッパ大明神《だいみょうじん》なり！」

声《こえ》が急《きゅう》にいかめしくなったかと思《おも》うと、

おそろしげな顔《かお》つきをしたカッパが、
ぬっとキツネの目《め》の前《まえ》に立《た》ちはだかりました。

「あっ、あわわわわわあっ。」

びっくりぎょうてんしたキツネは、腰《こし》をぬかし、そのまま気《き》をうしなってしまいました。

しばらくして正気《しょうき》をとりもどしたキツネは、おそるおそるあたりを見《み》まわしました。

へやにはだれもいません。

ただ、まくらもとのたたみに、水《みず》かきのついたみどり色《いろ》の足《あし》あとが、いくつかのこっているばかりでした。

4 カッパ神社《じんじゃ》で

あくる朝《あさ》、キツネは、村長《そんちょう》と数人《すうにん》の村人《むらびと》といっしょに、カッパ神社《じんじゃ》にむかいました。

「どうしました。顔色《かおいろ》がよくないですよ。」

イノシシ村長《そんちょう》が、キツネを見《み》て言《い》いました。

「ぐあいでも悪《わる》いんですか。」

「い、いいえ、なんでもありません。」

キツネは、首《くび》をふりましたが、その顔色《かおいろ》は青《あお》ざめたままでした。

カッパ神社《じんじゃ》には、三十分後《さんじっぷんご》につきました。

おとなしそうなヒツジの神主《かんぬし》が、みんなをむかえました。カッパ大明神《だいみょうじん》のはこは、神社《じんじゃ》の祭《さい》だんにかざられていました。神主《かんぬし》が、祭《さい》だんからおろし、両手《りょうて》でかかえてだいじそうにみんなの前《まえ》にはこんできました。

一面《いちめん》にカッパの彫刻《ちょうこく》がほどこされた、りっぱなはこです。四《よ》すみには金具《かなぐ》がはめこまれ、前面《ぜんめん》には大《おお》きくてがんじょうそうな錠前《じょうまえ》がついています。

「では、おねがいします。」

村長《そんちょう》がキツネをうながしました。

カッパ
大明神
キツネのかぎや

（ど、どうしよう……。）

ゆうべのカッパ大明神《だいみょうじん》のおそろしいことばが、キツネの頭《あたま》によみがえりました。けれど、かぎをあけなければ“なんでもあけるキツネのかぎや”のひょうばんはガタオチです。

「どうしました。早《はや》くあけてください。」

「は、はい。」

しかたなく、キツネはどうぐばこから先《さき》のまがった細長《ほそなが》い鉄《てつ》の棒《ぼう》をとりだしました。そして、ふるえながら錠前《じょうまえ》のかぎあなにさしこもうとしました。と、そのときです。

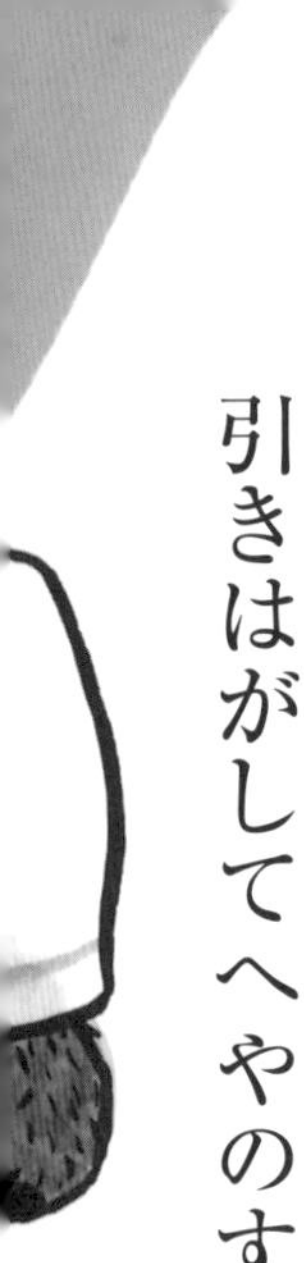

「そのはこをあけてはならぬぞよ！」

金《かな》切《き》り声《ごえ》をあげながら、サルのおばあさんがとびこんできたかと思《おも》うと、キツネをつきとばして、はこにおおいかぶさりました。

「あければたたりがあるぞよ！」

「ええい、じゃまするな！」

おこったイノシシ村長《そんちょう》は、ひょいとかた手《て》でサルのおばあさんをつまみ上《あ》げると、はこから引《ひ》きはがしてへやのすみにほうりなげました。

「ばあさんをわしのやしきの土蔵《どぞう》にほうりこんでおけ。」

すぐさま二人《ふたり》の村人《むらびと》が、サルのおばあさんをかかえ上《あ》げて、外《そと》に出《で》ていきました。

「さて、かぎやさん。あんたはたたりなんぞ信《しん》じないでしょうな。」

村長《そんちょう》は、キツネにむきなおりました。

「え、ええ、まあ……。」

「では、早《はや》くかぎをあけてください。」

「わ、わかりました。」

キツネは、鉄《てつ》の棒《ぼう》をとりなおして、かぎあなにさしこみました。そのとたん、グラグラグラっと、神社全体《じんじゃぜんたい》がはげしくゆれました。

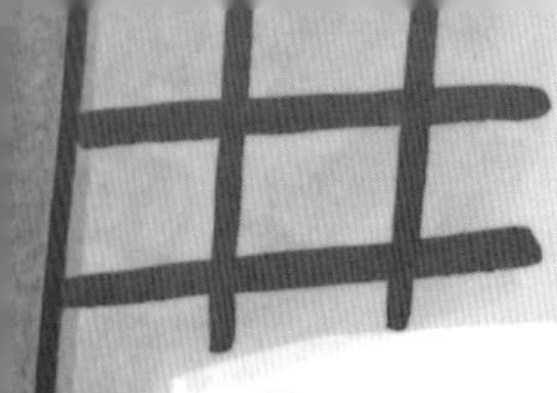

ゆれは十秒《じゅうびょう》ほどでおさまりましたが、みんな、青《あお》ざめて顔《かお》を見《み》あわせました。

「も、もしかして、カッパ大明神《だいみょうじん》さまが、おいかりになったのかもしれない。」

村人《むらびと》のひとりがつぶやくと、ほかの者《もの》もガクガクとうなずきました。

「なにをばかなことを言《い》ってるんだ！」

村長《そんちょう》が顔《かお》をまっ赤《か》にしてどなりつけたときです。ひとりの村人《むらびと》が神社《じんじゃ》にかけこんできました。

「そ、村長《そんちょう》さま、
た、たいへんです。
おまごさんのウリボウが
カッパにさらわれました！」

5 カッパの正体《しょうたい》は？

イノシシ村長《そんちょう》のまごのウリボウは、その朝《あさ》、かぜぎみで幼稚園《ようちえん》を休《やす》んで、自分《じぶん》のへやのベッドでねていました。

お母《かあ》さんが、朝《あさ》のかたづけやらせんたくやらをおえて、ようすを見《み》にいったところ、ベッドはからっぽで、かべにべったりとみどり色《いろ》のカッパの手形《てがた》がついていたというのです。

「かぎは後《あと》まわしだ。ウリボウをさがせ！」

ウリボウをかわいがっていた
イノシシ村長《そんちょう》は、顔色《かおいろ》をかえて神社《じんじゃ》をとび出《だ》すと、
村人《むらびと》の先頭《せんとう》に立《た》って、ウリボウさがしに走《はし》りまわりました。

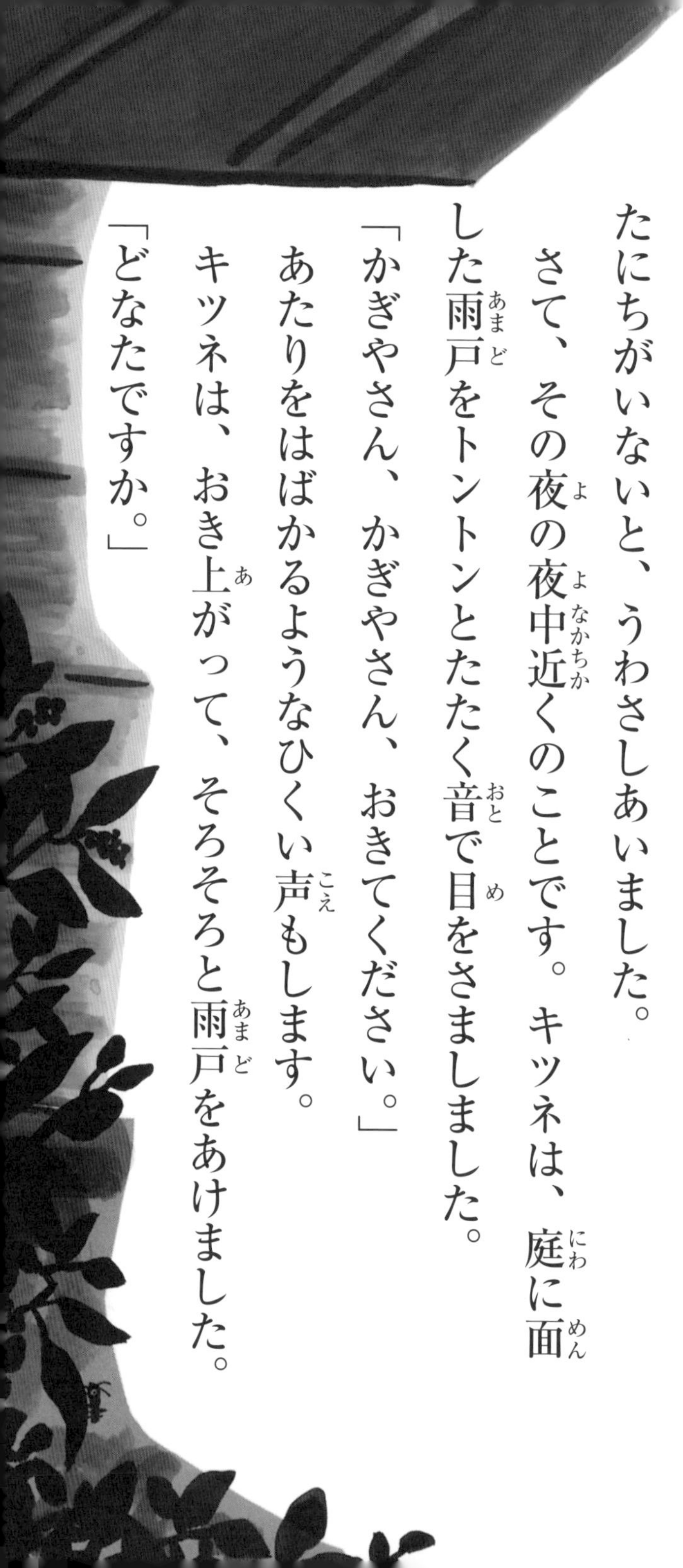

けれど、夜《よる》になってもウリボウは見《み》つかりません。

村《むら》の人《ひと》たちは、やっぱりウリボウは、カッパにさらわれたにちがいないと、うわさしあいました。

さて、その夜《よ》の夜中《よなか》近《ちか》くのことです。キツネは、庭《にわ》に面《めん》した雨戸《あまど》をトントンとたたく音《おと》で目《め》をさましました。

「かぎやさん、かぎやさん、おきてください。」

あたりをはばかるようなひくい声《こえ》もします。

キツネは、おき上《あ》がって、そろそろと雨戸《あまど》をあけました。

「どなたですか。」

首《くび》をのばして外《そと》をのぞいたとたん、
「わっ。」とさけんで腰《こし》をぬかしそうになりました。

月《つき》の光《ひかり》をあびて庭《にわ》に立《た》っていたのは、ゆうべのカッパだったのです。

「ああ、しつれいしました。」

カッパはそう言《い》って、ひょいと頭《あたま》をとりました。なんとそれはカッパのきぐるみで、中《なか》からあらわれたのはカッパ神社《じんじゃ》のヒツジの神主《かんぬし》でした。

「村長《そんちょう》に見《み》つかるとこまるので、このかっこうでやしきに入《はい》りこんだのです。くわしいことは後《あと》で話《はな》しますが、とにかく、ウリボウをたすけたいのであなたに力《ちから》をかしてほしいのです。わたしといっしょにきてください。」

「わかりました。」

神主《かんぬし》のしんけんな口《くち》ぶりに、キツネはうなずいて、庭《にわ》に出《で》ました。

「こっちです。」

神主《かんぬし》は、やしきのすみにたっている土蔵《どぞう》にキツネをつれていきました。とびらには大《おお》きな錠前《じょうまえ》がついていました。

「このかぎをあけてほしいのです。」

ヒツジの神主《かんぬし》はそう言《い》って、そのわけを話《はな》しました。

土蔵《どぞう》にとじこめられているサルのおばあさんは、カッパ大明神《だいみょうじん》につかえる巫女《みこ》さんでした。巫女《みこ》というのは、神《かみ》さまにつかえる女《おんな》の人《ひと》のことです。

二人《ふたり》は、カッパランド計画《けいかく》には反《はん》対《たい》でした。カッパ沼《ぬま》をうめたてればカッパ大明神《だいみょうじん》がおこって、村《むら》にたたりをすると思《おも》ったからです。

けれど、村長《そんちょう》は、そんなのは迷信《めいしん》だと言《い》って、あいてにしませんでした。そこで二人《ふたり》は、カッパ玉《だま》の入《はい》っているはこのかぎをあけにくるかぎやをおどかして、はこをあけるのをやめさせようとしたのです。

そこへ、思《おも》いがけなく、ウリボウがさらわれるという事《じ》件《けん》がおこりました。

「ウリボウは、こんどのことでおいかりになったカッパ大《だい》明神《みょうじん》さまがおかくしになったのです。ですから、カッパ玉《だま》を大明神《だいみょうじん》さまにお返《かえ》しして、おいかりをしずめなければなりません。」

そのためには、サルのおばあさんのおいのりがひつようだというのです。おいのりが大明神《だいみょうじん》に聞《き》きとどけられなければ、ねがいはかなえられないのでした。

「わかりました。やってみましょう。」

キツネは、細長《ほそなが》い鉄《てつ》の棒《ぼう》を二本《にほん》とり出《だ》すと、錠前《じょうまえ》にさしこみ、左右《さゆう》にうごかしました。

しばらくすると、カチッと音《おと》がして、かぎがあきました。

ヒツジの神主《かんぬし》がとびらをひらくと、サルのおばあさんが、髪《かみ》をふりみだしてとび出《だ》してきました。

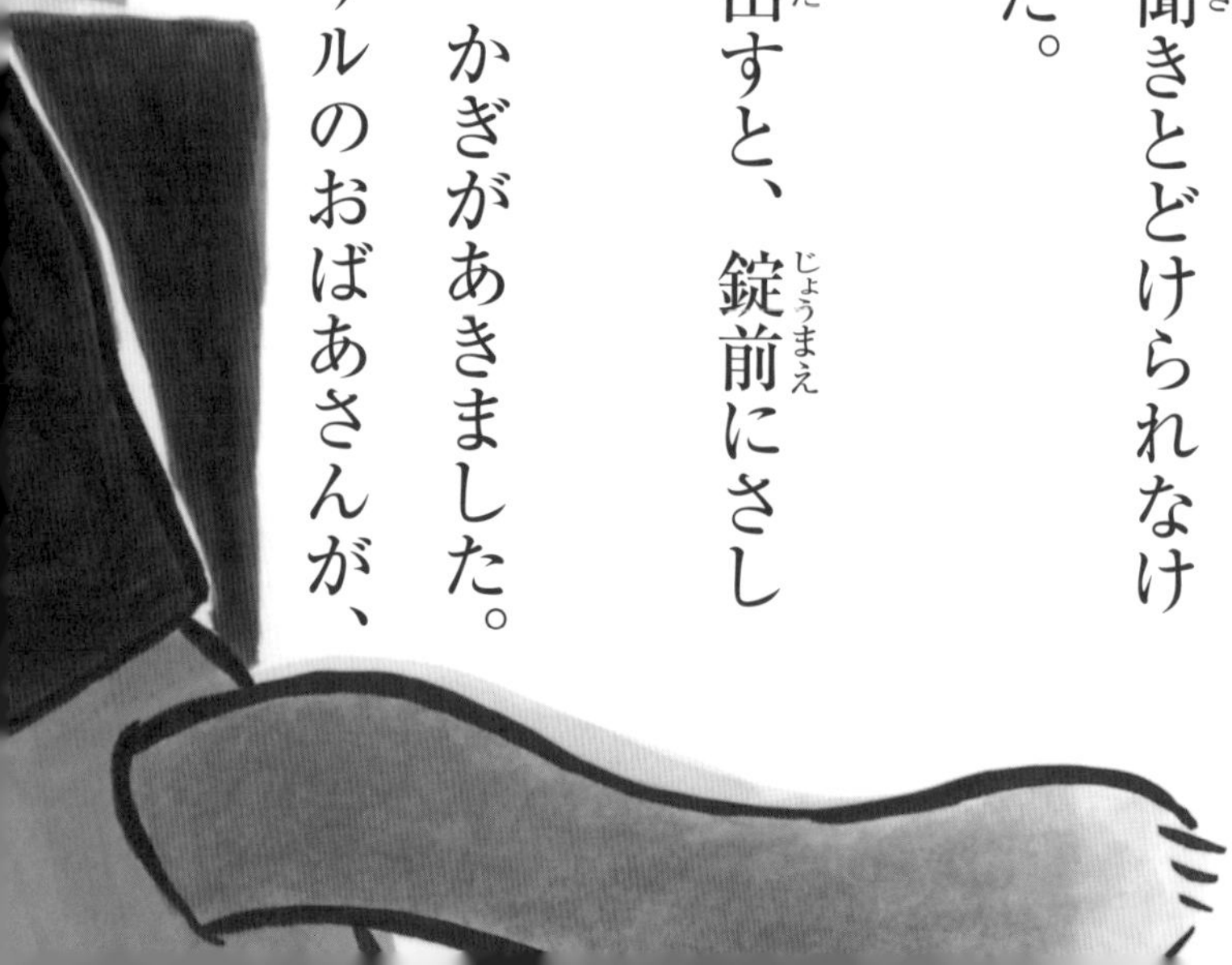

6 カッパ沼《ぬま》に急《いそ》げ！

「カッパ大明神《だいみょうじん》のはこはあけられたかの？」

ヒツジの神主《かんぬし》は首《くび》をふって、おばあさんが神社《じんじゃ》からつれさられた後《あと》におこったことを話《はな》しました。

「おお、それはたいへんじゃ。では、急《いそ》いでカッパ沼《ぬま》に行《い》き、カッパ大明神《だいみょうじん》さまのおいかりをしずめなければ。」

おばあさんは、身《み》をひるがえしてかけ出《だ》そうとしましたが、

そのとたん、

「あいたたたた。」

と、ひめいをあげてすわりこんでしまいました。

「村長《そんちょう》になげられたときに、腰《こし》をうってしまったようじゃ。とてもカッパ沼《ぬま》までは歩《ある》けん。」

「それはこまったの。あんたのおいのりがなければ、ウリボウはたすからん。」

「よかったら、ぼくがカッパ沼《ぬま》までおつれしましょう。」

二人《ふたり》のこまっているようすを見《み》て、キツネが言《い》いました。

「おお、それはありがたい。」

ヒツジの神主《かんぬし》は、さっそくサルのおばあさんをキツネに背《せ》おわせました。

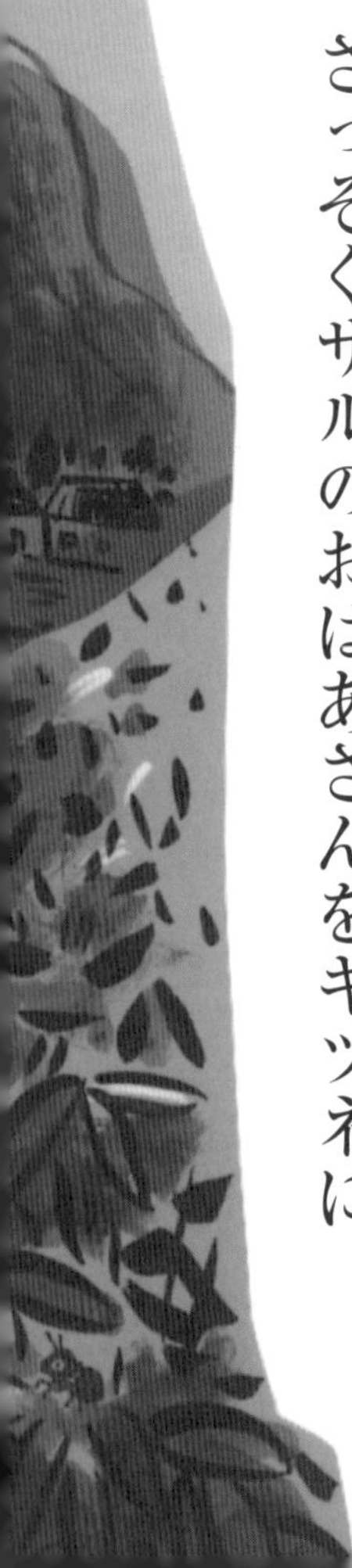

それから三人《さんにん》は、村長《そんちょう》のやしきをぬけ出《だ》し、とちゅうカッパ神社《じんじゃ》によってカッパ玉《だま》の入《はい》ったはこをもち出《だ》すと、カッパ沼《ぬま》につうじる山道《やまみち》をのぼりはじめました。

先《さき》を急《いそ》いでいたので、こっそりあとをつけてくる人《ひと》かげにはまったく気《き》がつきませんでした。

けわしい山道《やまみち》を三十分近《さんじっぷんちか》くのぼって、三人《さんにん》はようやくカッパ沼《ぬま》に出《で》ました。沼《ぬま》は、月《つき》の光《ひかり》にてらされて、銀色《ぎんいろ》にかがやいています。

ヒツジの神主《かんぬし》が、カッパ玉《だま》の入《はい》ったはこを沼《ぬま》のほとりにおくと、キツネの背中《せなか》からおりたサルのおばあさんがその前《まえ》にすわり、しずかにおいのりをはじめました。

おいのりがおわると、ヒツジの神主《かんぬし》が、はこをもって水《みず》ぎわにすすみ出《で》ました。

「カッパ大明神《だいみょうじん》さま。おあずかりしていたカッパ玉《だま》をお返《かえ》しいたしますので、どうか、ウリボウをわれらにおもどしくださいませ。」

そう言《い》いながら、はこを沼《ぬま》になげ入《い》れようとしました。

そのとき、「まて!」というするどい声《こえ》とともに、村長《そんちょう》と十数人《じゅうすうにん》の村人《むらびと》がくらがりからとび出《だ》してきました。

「ふふふ。思《おも》ったとおりだったな。」

村長《そんちょう》が、にやりとわらいました。

「おまえたちは、わしにカッパ玉《だま》のはこをあけさせないようにしようと、なかまをつかってウリボウをさらい、カッパのせいに見《み》せかけるために、わざとかべにカッパの手形《てがた》をのこしておいたにちがいない。そうにらんで、わしは、こっそり土蔵《どぞう》を見《み》はらせておいたんだ。そうして、ここまであとをつけてきた。ウリボウは、この近《ちか》くにいるにちがいない。おい、みんな、こいつらをつかまえろ！」

村人《むらびと》たちが、三人《さんにん》をとりかこみました。

「ち、ちがいます。わたしたちは、
ウリボウをとりもどそうと……。」
ヒツジの神主《かんぬし》がそう言《い》ったときです。
沼《ぬま》の水《みず》がザザザーっともり上《あ》がって、
全身《ぜんしん》みどり色《いろ》の大《おお》きなカッパが
すがたをあらわしました。

7 よみがえった光《ひかり》

「われは、カッパ大明神《だいみょうじん》であるぞよ。」

大《おお》カッパは、おごそかな声《こえ》で言《い》いました。

右手《みぎて》にはウリボウをかかえています。

「これ、村長《そんちょう》。」

「うへへへー。」

村長《そんちょう》は、そのばにひれふしました。

ほかの村人《むらびと》たちもいっせいにはいつくばります。

「そのほうが、ひともうけするためにカッパ玉《だま》を売《う》りはらおうとするのをにくんで、こらしめのためのために、われはウリボウをさらった。かべにのこしたのは、われの手形《てがた》じゃ。」

「うへへー。」

「じゃが、巫女《みこ》のおばばのいのりにより、ねがいを聞《き》きとどけ、ウリボウは返《かえ》してつかわす。」

カッパ大明神《だいみょうじん》は、ゆっくりと水《みず》ぎわに歩《あゆ》みよると、サルのおばあさんの手《て》にウリボウをわたしました。

ウリボウは、ぐっすりとねむっているようです。

「さて、村長《そんちょう》！」

大明神《だいみょうじん》は、おそろしげな顔《かお》つきでイノシシ村長《そんちょう》をにらみつけました。

「カッパ沼《ぬま》はわれがすまいじゃ。
このうえ沼《ぬま》をうめたてるだのなんのと
もうすならば、沼《ぬま》の水《みず》をあふれさせ、
村《むら》を水《みず》びたしにしてやるが、よいか！」

「と、と、とんでもございません。”カッパランド“は、あきらめました。ど、どうかおゆるしくださいませ。」

「まことか？　うそではないな。」

「う、うそでは、ございません。ど、どうか、これからもすえ長《なが》く、沼《ぬま》におすみになってくださいませ。」

「そうか。ならば、あらためてそのほうたちにめぐみをあたえよう。」

　カッパ大明神《だいみょうじん》は、にっこりわらって、ひょいと右手《みぎて》をつき出《だ》しました。その手《て》の先《さき》からひとすじの光《ひかり》がほとばしって、

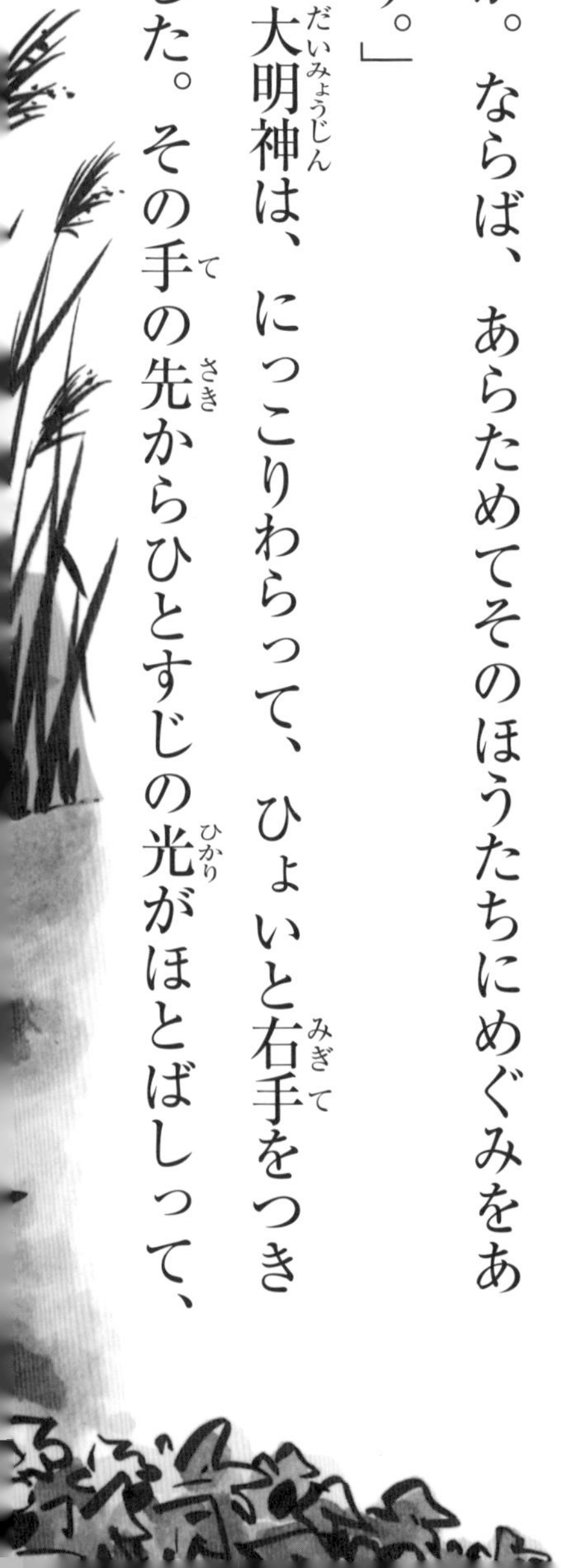

ヒツジの神主《かんぬし》がかかえていたカッパ玉《だま》のはこにあたりました。

すると、はこのふたがパタンとひらいて、ソフトボールぐらいの大《おお》きさの茶色《ちゃいろ》い玉《たま》があらわれました。

玉《たま》は、カッパ大明神《だいみょうじん》の手《て》の先《さき》からほとばしる光《ひかり》をあびて、みどり色《いろ》に光《ひか》りはじめました。

「玉《たま》をだいじにいたせ。そうすれば、おまえたちもしあわせになるであろう。」

カッパ大明神《だいみょうじん》の声《こえ》がしだいにとおくなっていったかと思《おも》うと、ふっときえました。見《み》ると、大明神《だいみょうじん》のすがたはどこにもなく、沼《ぬま》は銀色《ぎんいろ》にしずかにかがやいているばかりでした。

それから一週間《いっしゅうかん》ばかりたった、ある朝《あさ》のことです。

新聞《しんぶん》をひらいたキツネは、「おっ。」と声《こえ》をあげました。

そこには、

【よみがえった三百年前《さんびゃくねんまえ》の光《ひかり》】

という見出《みだ》しで、みどり色《いろ》に光《ひか》るカッパ玉《だま》をかこんで、しあわせそうにわらっているカッパ村《むら》の人《ひと》たちの写真《しゃしん》がのっていました。

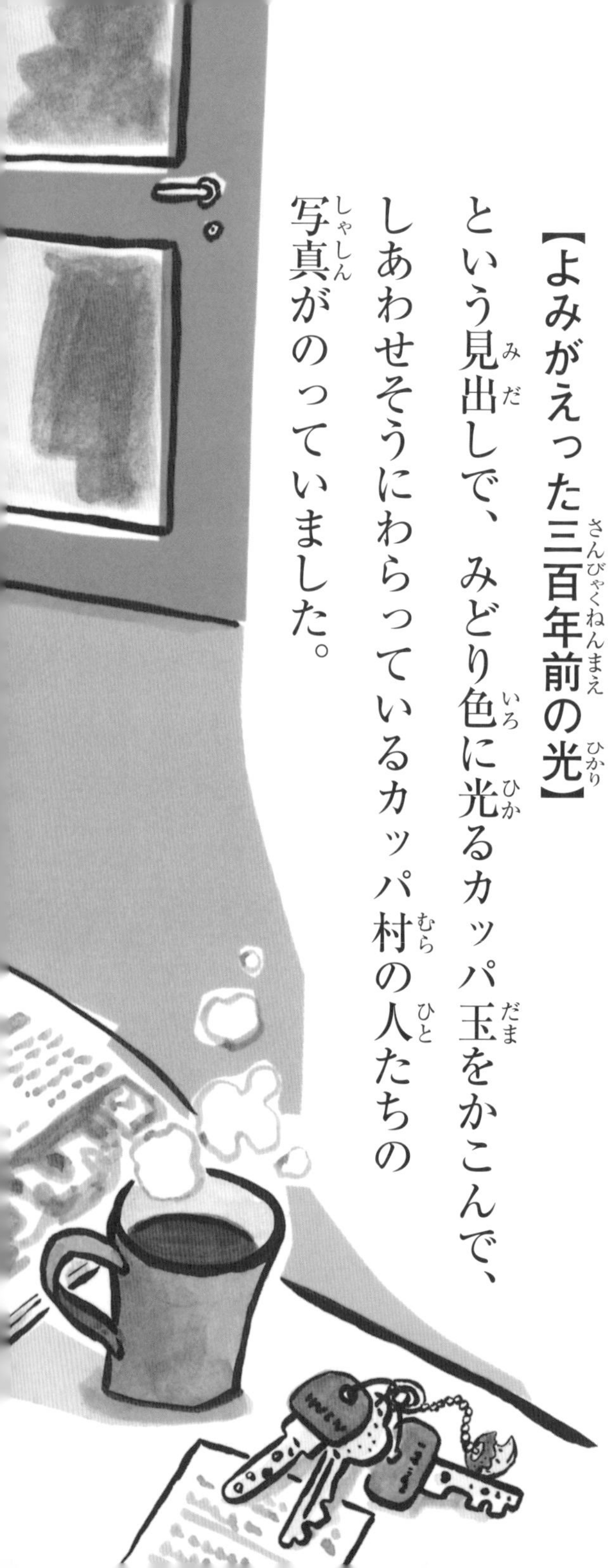

よみがえった
三百年前の光

★知《し》ってるとトクする情報《じょうほう》がいっぱい！　こまったらキツネのかぎやにご相談《そうだん》ください！

かぎならなんでもあけます

キツネのかぎや新聞《しんぶん》

2006年
7月発行
●発行所●
キツネのかぎや

カッパ大特集《だいとくしゅう》

【カッパものしり①】

頭《あたま》の上《うえ》のさらに、水《みず》がたくわえてある。水《みず》がなくなると死《し》ぬ。

背《せ》に、カメのような**こうら**がある。

手足《てあし》の指《ゆび》の間《あいだ》に、**水《みず》かき**がある。

体《からだ》の色《いろ》は緑《みどり》や青《あお》。赤《あか》いのもいる。うろこがあるのもいる。

くちばしがとがっている。

うでが、のびちぢみする。

【カッパものしり②】

【カッパおもしろことばだよ】

①カッパの木《き》のぼり
……にがてなことをいう。

②カッパのへ（へのカッパ）
……とるにたらないことをいう。

③カッパの川《かわ》ながれ
……名人《めいじん》でもしっぱいすることをいう。

【カッパおもしろなぞなぞだよ】

①女《おんな》の子《こ》の髪《かみ》の毛《け》にいるカッパは、なあに？

②のりでまかれた食《た》べもののカッパは、なあに？

③いつも元気《げんき》なカッパは、なあに？

すんでいるところ＝川《かわ》、池《いけ》、沼《ぬま》、海《うみ》など。
鳴《な》き声《ごえ》＝ヒョーヒョー、グワッグワッなど。
大《おお》きさ＝五《ご》、六《ろく》さいの子《こ》どもぐらい。
好《す》きな食《た》べもの＝きゅうり
好《す》きなこと＝すもう
とくいなこと＝もちろん水《すい》えい
よび名《な》＝カワタロウ（ガワタロウ）、ガワッパ、ホンコウ、ガタロウ（ガータロ、ガタロ）、カワザル、スイコなど、土地《とち》によっていろいろなよび名《な》がある。山《やま》に行《い》くと、ヤマワロともいう。
悪《わる》いことをする＝人《ひと》を水中《すいちゅう》に引《ひ》きこみ、おぼれさせたり、「尻子《しりこ》玉《だま》」をぬいたりする。
手伝《てつだ》い＝命《いのち》をたすけてもらったりすると、薬《くすり》の作《つく》りかたをおしえたり、田《た》うえや草《くさ》かりを手伝《てつだ》ったりするカッパもいる。

かぎのことなら、キツネのかぎやへ！どこでも行《い》きます、すぐ行《い》きます。

にがお絵《え》コーナー

みち田あかね（福岡県）

「わあ、みんなじょうずだなあ。」

冨岡恵哉（大阪府）

野田耕平（沖縄県）

土屋愛璃（和歌山県）

岡崎こころ（山形県）

立栄佑美（兵庫県）

篠田涼輔（愛知県）

●キツネのかぎやについて知《し》りたいことや聞《き》きたいこと、にがお絵《え》などを葉書《はがき》に書《か》いて、〒101-0065　東京都千代田区西神田3・2・1　あかね書房「キツネのかぎや」係《がかり》まで　どんどんおたよりください。葉書《はがき》には、自分《じぶん》の住所《じゅうしょ》・名前《なまえ》・郵便番号《ゆうびんばんごう》をはっきりと書《か》いてください。

「まってまーす！」

なぞなぞのこたえ＝①おカッパ②カッパまき③カッパつ

★出《で》かけるときには、わすれずにかぎをしっかりかけましょう。

著者紹介《ちょしゃしょうかい》

作者●三田村信行（みたむら　のぶゆき）

1939年東京に生まれる。早稲田大学卒業。

作品に、『ぼくが恐竜だったころ』『風の城』（ほるぷ出版）「キャベたまたんていシリーズ」（金の星社）「ウルフ探偵シリーズ」（偕成社）「ふしぎな教室シリーズ」（フレーベル館）「ネコカブリ小学校シリーズ」（PHP研究所）「三国志」（全5巻・ポプラ社）『おとうふ百ちょうあぶらげ百まい』「へんてこ宝さがしシリーズ」（ともにあかね書房）など、多数がある。東京都在住。

＊＊＊

画家●夏目尚吾（なつめ　しょうご）

1949年愛知県に生まれる。日本児童出版美術家連盟会員。現代童画会新人賞受賞。

絵本に『ライオンさんのカレー』（ひさかたチャイルド）『コロにとどけみんなのこえ』（教育画劇）『めんどりとこむぎつぶ』（フレーベル館）。さし絵に『より道はふしぎのはじまり』（文研出版）『ぼくらの縁むすび大作戦』（岩崎書店）『ふるさとはヤギの島に』『悪ガキコンビ初恋大作戦』（ともにあかね書房）など、多数がある。東京都在住。

キツネのかぎや・9　『カッパの秘宝』　ISBN978-4-251-03889-0
発　行●2006年7月初版　2020年12月第五刷　NDC913／77ページ／22cm
作　者●三田村信行　画　家●夏目尚吾
発行人●岡本光晴
発行所●株式会社あかね書房　〒101-0065 東京都千代田区西神田 3-2-1　電話（03）3263-0641（代）
印刷所●錦明印刷株式会社　製本所●株式会社ブックアート